AQUARIUS

AQUARIUS

AQUARIUS

AQUARIUS

每個人心中都有一座島嶼，

藉文字呼息而靜謐，

Island，我們心靈的岸。

羅毓嘉

與山近的 離海亦不遠

從台灣出發到哪裡，都那麼近。
山那麼近。再下去不遠處，就是海了。
可是為什麼，
台灣這麼一個小小的島嶼……

每個人的心，距離得那麼遠？

但風吹過便吹過了的……
你明白，如垂首的女王
——〈**野柳**〉

沒人認識你的地方，你對誰都能十分殘忍。
你把舊衣都丟棄了，想面對真正的自己。
——〈**五分埔**〉

看見文盲開始書寫文字史
那是一個多麼令人感傷的早晨……
——〈**造橋**〉

他們在你們之間派發剪刀
要你們剪去最不適用的手指
——〈**粉鳥林**〉

我們噴著沒人聽懂的蛇信
只不過想要得到一丁點被理解的可能
而人們紛紛走避
——〈**太魯閣**〉

有個祕密你面對無人的岩洞
翻身找個無聲的角度，
把自己坐進去
——〈**風櫃洞**〉

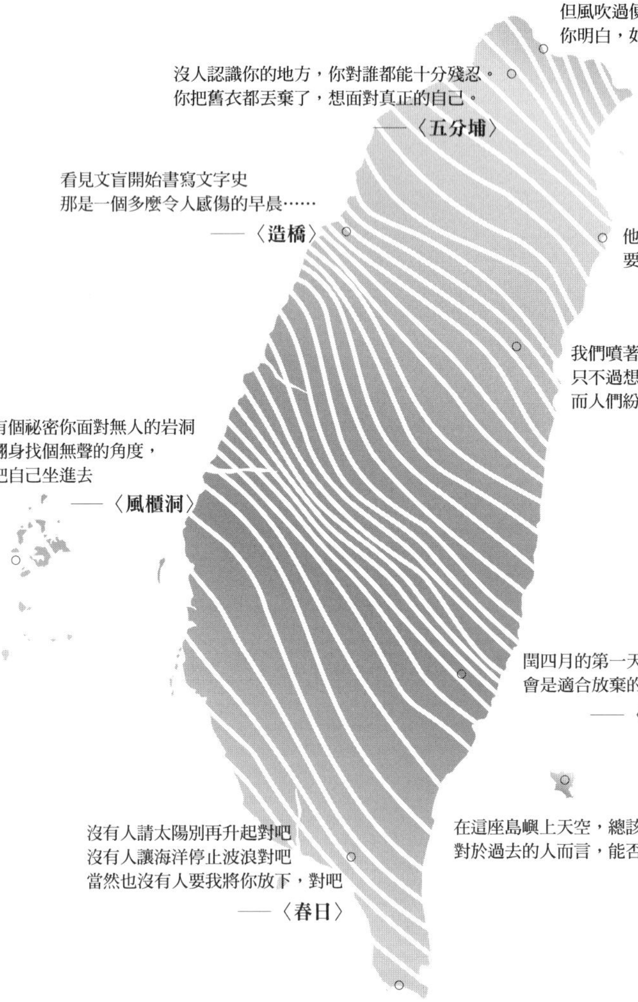

閏四月的第一天
會是適合放棄的日子嗎
——〈**關山**〉

在這座島嶼上天空，總該漸亮、漸暖了吧
對於過去的人而言，能否有所差別
——〈**綠島**〉

沒有人請太陽別再升起對吧
沒有人讓海洋停止波浪對吧
當然也沒有人要我將你放下，對吧
——〈**春日**〉

我們拾起剩餘的夏天
和貝殼南風釀在同個瓶子裡封存
——〈**墾丁**〉

目錄

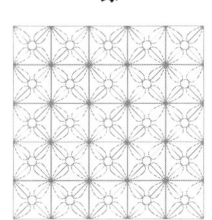

目錄

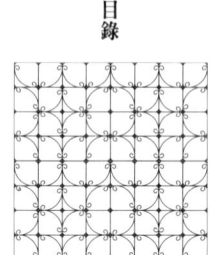

目錄

目錄

目錄

序詩〈含吉〉

海與消波塊與防風林與標語
此處水深禁止戲水與觀景台與水泥墩子與
貝殼砂與展示館與漁網
與塑膠瓶與鐵鋁罐與其他的拉環
與路過的人與垂釣者與豆腐岩與浪
與燈火
有些是岸照亮了海，有些
來自水面的船
與鑽油平台與海洋淺淺的虹彩
尋不著沙泥可容身的招潮蟹以及

魚，以及魚所渴望的

一條河與堤防與田畦與閘門與分洪道與
卵石裸裎與攔沙壩與便橋
河心的蘆葦與五節芒與鐵道的橫越
一些灰一些塵
與溪床，與野犬涉足
與農戶在河灘上辛勤的耕種
與採石場與鐵鋁罐與塑膠瓶與
福壽螺與排水管
與各色的傾洩
一條河從上游漂來洪汛的消息……
河與它原來的臉孔
與氾濫

與繼之而起更多的甬道
以及鳥的低飛，以及鳥所渴望的

天空與煙與煙囪，與雲的盤桓
與高壓電塔與網線的交織與噴射機與
能名與不能名的氣體
以及獸所呼息，所渴望的

山巒與樹的生長與橫貫公路與哨站
地錨與明隧道與此路封閉與
通行與水梨果園
與坍方
與小發財車的哼唱與嘆息與山羌
與野味的牌招與蛇的冬眠

與樹上垂掛的塑膠袋與星火
繼續路過的車輛，以及
我們。
以及我們所渴望的

輯一 **離海不遠**

那時你不相信，世界是難以改變的。其實我也不相信。

我們，我是說，我們。你和我，能否同時是兩個人

又到底是誰在追趕誰的人生？

親愛的。

你不會知道，我多麼想念你。

冷水坑

該怎麼告訴你，我的心上有個
洞。夜晚時常有陌生的指尖從那兒來
穿過了而你的汗水甚至並無味道
水般乾淨，簡直不可思議

做愛的時候，必須看著
對方的眼睛是嗎？或者你和別人做愛
的時候——你會閉上眼睛嗎？
光是用聽的，能聽見我們的歷史嗎
我不知道，或許亦不用知道吧

銀合歡的葉都闔上了那只是個尋常夜晚

你是微觀的花蕊，是破碎的骨頭
等待你再次從空中滑落到我心上的孔洞
我們舉杯
也不再問唇間的酒是酸的而
你褪下我絲襪，房間滿是苦艾的氣息

你會看我的眼睛與我做愛嗎
她看著你的眼睛時你會更加興奮嗎

充滿縐褶我當膩了你那件白衫
將我洗滌乾淨
但不要把我熨平

墾丁

也就是期待著把你的心打開
是什麼卡在那永遠無法認清的缺口
曾以為火車一直都會來
一直都會來的地方
卻沒人真能指認末班車的抵達

想寫的時候覺得自己無非是個沙人
在海的風口每件事迎面而來
跟你一樣都能從指縫溜走
然後那夜你闔上了書頁闔上了自己
挾著生活浪濤般將你沖散了

你還是你嗎或者什麼時候不是了
你是沙的岸把臉埋進沙漏
——就能夠不看見時間了嗎？
不寫不問的時候也就再無所謂了
你是盤沙或有顆心都無所謂

總有個問題從天空那頭落下
像把刀，切分驚雨，狂雷，你的聲音
海的邊上太陽起來，太陽沉落
你希望太陽把枝枒伸進窗內
和你齊困在同一個房間裡

而我該如何屯墾你的祕密你的桌面

你是我所記得唯一的男丁了
在你的文字裡藏著一個母親和一個父親
因為不能分娩出自己的父親和母親
當他們並肩，手臂上的傷痕就會相連

你把自己的腦殼打開，刷著
用一支精緻的刷子掃著灰燼與埃塵
也不必記得了——那些關於愛的
關於恨的，輕盈的班機來了
也就載走了沉重的海洋的憂慮

恨你有一襲在沙地上穿著
錯的衣服你穿或不穿都沒有差別
你踩著沙，理整了襯衫的領口

走進人群的時候你笑了，或者
其實你沒有笑也沒哭都沒什麼差別

我們拾起剩餘的夏天
和貝殼南風釀在同個瓶子裡封存
因為無論夏天再怎麼長
也總是很快過完

崇德

我喜歡把啤酒喝到最後一滴
之後，則與我所喜歡的人親吻
或許，他並不喜歡我唇齒上留有的菸味
但我喜歡夏天喜歡白晝愈來愈長
愛的睡眠愈來愈短。
喜歡凌晨四點，有鳥鳴劃破城市的寂靜

我喜歡一本在浴室怎麼也看不完的書
喜歡不知如何都不會枯萎的花依然帶著荊棘的暗香
我喜歡自己不知為何總是讀不完它
或許我喜歡我的屁股是健康的

如此一想，我更喜歡浴室裡有繚繞的歌唱
有我的影子，勝於那樣的一本書

我喜歡在離席時將座椅收進桌子的底下
彷彿我們所多年養成的習慣
把家庭的祕密收進櫥櫃，把死亡埋進土裡
把疾病寄養在遠方的醫院，我喜歡
美好的晚餐總是要有四個人的圍坐對吧
我不喜歡今晚只有我一個人

喜歡看著一盆悉心照顧的盆栽
不知怎麼地漸漸死去了，我喜歡依照著
所有的規矩、指示、說明，
完成他們顯然並不想要我做的那些

比如說，痊癒起來，成為一個有用的人
比如說，喜歡自己，喜歡身邊的人

我一切都不喜歡。但我喜歡，我喜歡
我喜歡夏天午後將要落下大雨的空氣裡頭
透出鐵鏽味道的泥土的味道。喜歡
不帶傘就走到街道的正中心我喜歡聽見一組
緊急煞車的聲音。在我面前停下。
或在衝撞、旋轉幾次後，在我後頭停下。那個啊
那停下。我最喜歡。是我所最喜歡的。

情人谷

拿鑰匙插入門鎖之前不忘說句我愛你
脫下皮鞋散發一屋汗臭之前請說句我愛你
展開報紙閱讀自殺新聞時說句我愛你
將頻道轉到恐怖片時請記得說句我愛你
如果失手打翻一鍋美味濃湯就說句我愛你
待洗的油膩碗盤堆積如山時說句我愛你
是的，我愛你我愛你我愛你我愛你
盥洗完畢髮梢滴水不止時說句我愛你
用全部熱情擁抱愛人時必須說句我愛你
兩具肉體交纏瀕臨高潮時高喊我愛你
相擁入眠在甜美夢境中仍喃喃自語我愛你

我愛你我愛你我愛你是一種口號，還是證明
出門一句我愛你以免意外死亡自此死別
回家一句我愛你確認兩人的彼此需求
結婚典禮上交換戒指再一次發言
親愛的，我是如此愛你同時我也願意
然而
你懂得愛嗎你會真正付出嗎

造橋

我蹲坐窗櫺，用身體末梢
流利地
串起窗裡窗外兩種風景

我的肢體僵直且渾身痠痛
因為必須持續這不止的觀測
方能得證

我在窗內許下的預言：
那個文明與它的愛
正迅速地在文字中變遷
而
更高分貝的另一個文明

倚賴著它的高分貝在窗外遊行
建構一座座牌坊
甚至，我一向熟悉的溫馴氣候
都與詩一同被流放到這扇
小小的窗內

雙胯一張，我跨坐窗櫺
看見文盲開始書寫文字史
那是一個多麼令人感傷的早晨……

然而
窗內仍有幾盞燭光燃燒著
伴著我長久所靜止
被禁錮的姿勢

我不必在乎窗外
有多少車潮多少譴責將壓毀我的影子。
一如我所憂傷預期
其餘，都已淪陷

窗外是一襲不容許想像的
稀薄空氣
我看看窗裡的微弱光線
跨坐在進退兩難的窗櫺上
不知該往內或者
往外

跳或者
不跳

野柳

不要追逐瀑布
它往時間逆反的所在傾落
不要頭戴皇冠而期待它沒有重量
不要讓風不風化
不要讓任意的呼嘯
成為你的語言

野川之柳
沒有為誰證明風的去向
它只是沉默了
在海與天空之間

成為低眉垂首的那人
像是曾經說過了愛的時刻
轉過頭去
愛了別人的指尖

不要失足了在前往天空的階梯
不要讓海擁抱了你
那裡的聲音嘈雜如前世
你還在與人爭吵風往哪兒去
但風
吹過便吹過了的
你明白如垂首的女王

是某天總要停頓的低微吧

是總有時候要在林投間安慰的靈魂吧
海那麼野
聲音那麼猖狂

「不要成為你不會成為的那個人」
然而時間是低微的水銀
海在你耳邊仍然唏噓

褒忠

比如說，總是選擇了別人的風鈴
澆錯了時辰的花在冬夜裡不曾開過
戴著別人戴過的安全帽
是證成了安全
還是引導向更多的未知

關上燈的時候將門打開了有人進來
有人出去像一個難得的嘈雜的夜
把唯一的蠟燭吹熄吧
只留下幽幽的梔子花香在一張床上

你會如何選擇：
即將開始模糊的標線
在盛夏裡融化的柏油路面或者
一隻山羌撞碎玻璃等待他的
是自由
還是更深的傷害？

你會如何選擇
比如說總是選擇了對的島嶼
但找不到可停泊的港灣，比如說
在二手店裡選擇一條開始脫線的毛衣
或接受一雙嶄新完美的鉚釘皮靴
從此之後的每一天都出現瑕疵
像一張床睡了幾個人

會開始顯得擁擠？

一座城市的顛倒，是不是它平常
總是站得太過筆直
而風鈴為此沉默
有條銀手鍊掛在那兒許久了吧

無人進來可你我之間已顯得擁擠
這樣可以了，且再讓我想一想
若你決定出去
請輕輕幫我把門帶上

海端

該如何尋找一盞燈
照亮海面的黑月
海與風迸濺而成的無垠的分水嶺
分開了死亡，與生活，碎浪與人
有什麼時候它們會靠攏呢
又有什麼人能夠端起一座海
圍攏在我的身邊吧
讓將來
成為種新的顏色
該如何點燃一支燭火

指向未來晦混不明的去向
「我們從黃昏遷來」
在山的這一側是看不到夕陽的
使我們分開的
不是共同的語言
而是灰燼燒乾了狂歡

他們是從黎明遷來的人吧
開著大聲作響的機具填滿了水窪
土地勉力吞嚥著
極細微的水泡
等待潮汐的人不再回來
他們合攏海堤他們立下了碑文

總是讓人懷疑
他們可以就這樣端起了海洋
而海洋是能夠端起像端起一杯酒的嗎

能再告訴我一種新的顏色嗎
今日的晨曦顏色是傾向於火焰
抑或傾向海洋呢

你該怎麼敘述海的顏色
火在海上靈動地燒起來了吧
保佑他們和未來的自己
能夠美好地相處

聽一首海面上唱來的歌曲吧
被砍下的樹依然綠著但在海上漂著

海如此艱難
你該如何才能說自己
明天就能把整座海端起

貓鼻頭

我必須告訴你，用
略帶眷戀的語氣像你最愛的太妃糖
餵飼你
讓你明白這些話語，關於
我對你的愛情

常常我不認識自己的身體，因為
被指尖記憶的那些肘彎胸腹溫度全都
屬於你
當我在夜中觸動自己的神經
又想起你

如何伸屈如何顫動
彷彿看見兩具身體對立相視微笑
常常我，不認為自己擁有身體
因為取悅你
也彷彿是取悅我自己
在每一次生澀的擁吻之間
只感受到對方的身體
對於你
我的愛情總是略嫌僵硬
急急而來又急急而去
在走不出城市的地下鐵裡來回繞道
尋找所有關於你的記憶
用以刺激自己僅有的動物感傷

當我認知自己的身體如同認知你。

你必須聽見我的眷戀
來自根深柢固你對我的束縛
既像太妃糖又
譬如愛情

觀音

母親的筆跡如柳枝，拂過
橋下每一筆清緩的水的分岔——
有時她像陣狂風
或許是狂風帶起了她的憂愁：
順水而下的孩子們啊，抵達遠方了沒有
而靠山一些的孩子們，究竟是遲了吧

母親寫字。貼滿了冰箱門
大門，小小的布告欄，有時只是叨念
烹飪的小技巧別燒焦了鍋子
饅頭發酵的時間，如何發出最為

香甜鬆彈的麵團都讓我們快樂
讓我們快樂
讓我們飽足而歡笑

而有時她忘記了時間，忘記
三十幾年過去，也或許是四十多年了
水岸已不再有什麼垂柳
時間過得愈快，而鄉下的河堤
已給整治得更為齊整了——我們
哪一個不是按照順流之河
擁有自己的名字
擁有了速度，便不再聽，不再聽了

但母親還是寫著，寫著
即使不是柳枝
她某一天把自己寫成了巨碩的榕樹
樹冠，錯結的盤根，氣根的飄搖
都是包覆都是關於
一個母親試圖給予的
烈陽在外，冷雨在心，母親寫著

家這個字——裡頭總是你們這幾隻小豬崽子
開著燈寫著等著亮著螢光石頭般的
回家的路總是在這裡
母親這麼寫著

石梯坪

一天將近尾聲了吧——我落入一口井
讓腐爛的繼續腐爛讓發芽的發芽
讓跑的繼續跑，但讓靜止的繼續靜止
讓一幢大樓坍陷。星辰沿床沿滴落

所有聲音都已止息我遂暗了下來
暗了下來不聽不說不問不言語，只是你
關上門你關上門，讓關上的關上
讓打開的繼續打開而我們不再說話

讓發霉的發霉讓明天還是明天

望著雨水望著記憶的群島從天空掉落
雪白色的梯子通往藍天，星辰，月
或者太陽。沒有什麼是重要的了

坐在一口井裡是什麼感覺呢有人問
但我口中有個永恆的傷口開著
海水不斷淘洗著我的眼耳鼻唇要我不說
從哪裡進來的人或許該從那兒出去

也很好。落葉飄下了遮住你眼睛
有人走過，有人吐痰，有人呼喚來了雨
雨水對每個人都溫柔，風也是你的歷史
吹吹就散了的也沒什麼必須記起

人生是這樣人生當然是這樣
一架航空器搖搖擺擺飛進了那座大樓
杯裡的水輕輕晃了一下
沒有溢出來，自然也沒有變少

白沙灣

親愛的，當我白紙黑字地
寫下我對你愛的誓言
今後
我將用心履行左手無名指上鑽戒綁縛的過去
以及未來
啊，我的摯愛
作為責任交換我的誓言比不上你贈與的永遠
因此，請臨幸我

你將得以隨時享用我的身體
切下我的舌黏附你的陰莖
如果

如果你更愛我的屄
我會奉上終年潮濕的優雅器官
請剝開它
欣賞它如魚鰓一般呼吸。
親愛的，這一切
不都是為了實踐我們的愛情
我將成為你的奴隸
餵食我，
以你春光的早茶法式田螺義國風味焗烤披薩
告訴我你如何飢渴地愛我
束縛我以你
充斥鮮紅色愛的陽具，我發誓
今後我是一頭溫馴的獸
不再接受他人火熱的挺進

我將夜夜為你高潮，無論
你愛我的屄或者肛門
親愛的，
讓我們一同完成愛的誓言
在最最激動的邊緣隨我高喊
我愛你，然後喘息
我愛你，
我愛你，啊啊
我好愛你

親愛的。真的為你
我奉上全部童貞並努力假裝自己仍是處女
認真練習如何收緊陰道括約肌

計較三百公克的體重
努力使自己無限潮濕不用人工潤滑劑
因此，請臨幸我
不必再幻想其他不愛你的屄

卑微淫賤的我的愛的誓言
寫到這裡。
我能想像你奮力撕去我的上衣，我的裙，
我最後的褻衣，然後
你同我一起歡愉地尖叫
親愛的……

我知道
那是我一生所能掌握的無上幸福

春日

黃昏降臨而天色層層地淡了
語言滿是窟窿，打著砂礫或者
鹽或什麼靈魂的結晶
徒勞地在你我之間運遞著……

「愛是什麼？」或許
或許是邊給手中的食物拍照邊推門離去
或許是老人遛狗揚起了輕塵
多年後翻開了通訊錄
卻不認得
其中任何一個名字

「你愛我嗎？」黃昏晚去而夜色
沉默地擁抱了，此刻的語言滿是光線
照亮了你我無法直視的雙眼的季節
在沒有哀慰之語的房間
我看著世界是一雙玻璃高跟鞋
削薄了靈魂
把自己穿了進去

「你愛他嗎？」並沒有一個早晨如此開始
開始得叫人猝不及防
語言如此潮濕
生滿了霉斑而我們並沒有人去碰觸
或許，也並不需要

當新的春天來臨了
徒勞依舊是你我一切努力的總和
沒有人請太陽別再升起了對吧
沒有人讓海洋停止波浪對吧
也沒有人
要我將你放下

壯圍

——所有留下，都將是我的了。

多年沒見了。你還在那兒站著
臨別的路口你站著你看起來像是個壯圍的人
有著寬碩的體格
兩人間早沒有彼此冀望的虛線
沙與岸線海風吹
兩個人沉默的丘陵也就散了

你是我一隻手無法環抱的燭火
且亮著，在我的眼睛。沙丘上本就風大
那流淚究竟

是為了你
還只是為了沙

如果世界是沙漏
我們是不是沙
在什麼時候，被一雙寬諒的臂膀拯救了
摸了生燙，且靠近了光
你那麼好看，我低斜普通
吹啊散了
能不能聚著久些呢

罷了，汗總是往沙地裡去
不會留下痕跡
你知道的。

你笑了，我知道。

你見不得落花生開花落果的季節
但壯圍的人有著壯圍的體格
海擁抱著我擁抱著沙擁抱著你擁抱著
汗水擁抱著龜山島擁抱著我擁抱著海
以及
我們所想望了多年
總要有個男子的壯圍
讓我擁抱

但你總在每年秋天走進海裡
留下拖鞋的腳印走進鰻苗的髮穴
而我過完了冬天仍等待

等待你
不再上岸的那一天

合流

我對愛一無所知
如同山對雨全無所求
仍被一個眼神擊中

愛人的手指如動物匆匆而至
摩挲歡愉的血液
然後在離開時留下疤痕

有時我如藤蔓
攀緣了樹，鳥般觸撫了天空
而天空與樹對此並無所知

我是葉芽為陽光敞開
沉默的背面留給隔夜的露水
凋萎則留給自己

你對我依然一無所知
情願為你擊落
對你的眼神我非全無所求

輯二

與山近的

在身上經營一些疤痕
經營自己，無非是希望
別人覺得我們值得被他們所愛
但不要經營自己
要求別人愛你

林邊　萬丹

其實我必須向天發誓，我
純屬蓄意地偷盜你豢養在
　地下室且如此珍愛的
　　星光。因為我
再也不能忍受你日日夜夜
面對那盞微弱光源自言自語
　把你自己一再一再
一再一再推向不可解的深刻迷戀
　以至於全然忽略
　　我對你的愛，
亦如極光一般燦爛盛開著因此

我梳妝是為了你為了看見
那襲為你而亮的夜色，除了
修眉之外
我難得紮起了頭髮以防
它們遮住我的視線
使我看不見你
不知道
你有沒有讀到在詩篇中
一反往常地，我
刪剪去慌張、不穩、失衡的句子
如同我剃除了叢生的毛髮

嫉妒如蠍子陰鬱地螫刺著。
延續我給你的情書我要說
我愛你
我愛你
我愛你
蠍子爬過使我的內褲紅腫不止
唯有吹襲那星光唯有
再一次激起你對我的
恨，甚且愛
我才能將嫉妒釘上十字架獻祭。
即使謊言說再多也不怕口渴
或者我可以輕易博取你的
同情，但我明白
也唯有坦白引發的憤怒

因為你微微皺眉。
你說：情書
是世界上最虛妄的文字。你寧可
讀我的詩而非
自白。
我偶爾自慰，是為了褻瀆你
過於純良的形象，以免
膽怯如我不敢靠近
穿上潔白底褲我想像
你會如何擺放姿態
終究，姿態
也不過是我用以追索你的
眾多理由之一。
於是我大膽說出我愛你

能夠徹底使你記得我的愛。
星星絕非唯一。
將你的那盞星光溺死之後
我告訴自己：
我想幫你摘月亮
將月亮當作乞求原諒的籌碼
用以證明我多麼愛你
當然我非常明白
悔過書和情書同樣地
虛情假意，但
我也明白你多麼熱愛聽取謊言。
因為我愛你
所以
我的一切作為都是為了你，書寫

我愛你
我愛你
我愛你
因為說再多謊也不怕口渴
我想幫你摘星星。
坐在窗前書寫，為了
那襲亮得比你更生動的夜色
發現書寫是一種病
因為將每個句子都冠上我愛你
的確是一種病。
然而我的一切作為都是為了
你。你知道
無論我多麼熱愛謊言
世界上唯有一句話是絕對地真，因為

廉價的情書要求廉價的理解
還不都是由於
我們像瘋子一般熱中愛情

你知道我是如此愛你而
愛情
是只有瘋子才會熱中的遊戲

太魯閣

我的人生太魯。總是無法滿足
他們為我設定的目標，考試總是錯那些
不應該錯的計算題，比如說加總三個
百萬位數的數字，比如說勤練了
每首奏鳴曲的指法但他們說
「你要再有感情一點」
可其實並沒有人教導我什麼叫做
感情。感情是什麼。可以吃嗎？

沒有人。但我已經很努力了。
在最短的時間內解完函數，微積分

熬夜寫程式，做完化學實驗
兩年完成碩士學位論文並且幫老闆
完成了他或者她的升等論文
我以為我已經很努力了但世界
沒有給我應得的回報
他們都欠我。我一輩子就拚這麼一次

因為沒有人教我不可以伸手去摸
我就去摸了。沒有人教我
那不算、甚至不該是表現感情的方式
但記得嗎？曾有個幽微的時候他們說
「你要再有感情一點」

是我的人生太魯了——在我的裡面

有一座窄仄的峽谷永恆地
等著：收容從我生活四處落下的
巨石，訕笑，想像的親吻與
愛。有些落石，有些泉如飛瀑
逐漸將我掏空……

於是我們，一群太魯的人聚集在
同一個純白房間期望有人救贖
當我與其他人聚首了
就像場集體的性交，神性的匯集
恍惚被聽懂了，也終於被集體感召了

開始得如此簡單。我們看著菜單
今天可以配多幾個小菜對吧
也對島嶼明天的太陽有不同的想像

而世界是這樣老這樣
不假思索迂迴分道而行，依然沒有人說
「帶有感情的對，與錯，是對，還是錯」

我們原本只是魯。後來變成魯蛇。
我們噴著沒人聽懂的蛇信
只不過想要得到一丁點被理解的可能
而人們紛紛走避
在這充滿魯蛇的房間

奮起湖

你忙著參與天堂的建造，承諾
必然會帶著些珍貴的事物回來。你總是
忙著，仔細地上好了
白色的眼線，敲打著一隻破鼓
每天都期待它發出不同的聲音比如說：
「你不知道自己並不知道。」

忙著在火堆上燒著鐵罐，忙著將手
插進冰冷的水裡你忙著說服自己
世界上有些事你並不全然相信。而熱的
何嘗永遠是熱的而冷又何嘗永遠是冷的

你忙著從別人的眼睛裡
打撈明天的氣候，那些你懷疑著
似乎要被說服的，而又難以被說服的
雷達回波，氣象雲圖。你擁有了智慧
然後忙著打造別人的過錯
像是忙著承認自己未曾握著一隻破的水瓶

比如說你曾經忙著認同
一加一將大於二，過了幾天
當公車駛過了站它不曾停下來你忙著
按鈴，呼喊，而不在駕駛座上的那人
其實也不會為你踩下煞車。

你翻看新聞你忙著攀爬自己
未曾爬過的那座山，在壺子裡裝滿了水
你忙著準備登山的地圖，陽光如此晴好
露台上的小草們正待生長

那時你並不知道，自己忙著參與了
地獄的建造。比如說那座沒爬過的山上
有雪，險惡的天氣，你靜靜地睡著了
且怪罪著氣象預報，因為每一天
你並不知道自己並不知道

霧台

如果在迷霧的城市你會牽起我的手
走向你所信任的天氣嗎？一名男子的左肩
依稀看見兩隻鳥在橋側低飛
帶來了假假真真的鳴啼
——邊說的是明天大晴。
邊說的是——明有驟雨
你會牽起我的手
在迷霧的城市裡讓我相信

如果是霧霾的盆地人們平靜地
吃飯，散步，撳開了電視的沉默

你會牽起我的手嗎
領著我走進事實與謊言與辯證的霧靄
告訴我「有一個新世界在那裡生成」
而我會因此就相信你嗎

如果在長年瀰漫著霧雨的港灣
你帶著我走進一座座
下了雨整日的後院，讓我跟著你
也潮濕了起來
當我們有了兩個人之間的難題
你就去折一枝樹枒你說
「讓我向你遞出橄欖枝好嗎」
牽著你的手
我只是低眉微笑，尚未決定

你的謊那麼多，城市的霧都是你
留給我的巨大意志所浸潤的
是愛或者不愛
而我只能屬於你了嗎？
你從不再問。你只是摟我入肩
用長遠的瀰漫的霧
蓋住了其他的世界

讓我看清了自己
但看不清你

永樂

你是一個快樂的人嗎
每天早晨都是支透著裂痕的玻璃杯
反覆斟滿了隔夜的酸紅酒
我知道，我問——早晨的雀鳥是在鳴唱著還是尖叫著
那是生的狂喜嗎
還是像耳朵給一支迴紋針夾疼了
為什麼總是痛的靈魂，在寫著快樂的詩

你是快樂的人嗎？笑的聲音
是孕養多時的酪梨的果核終於裂開了
褐色的芽不知什麼時候沉默地抽高了

夏日的雷雨
總是喚來更潮濕的午後
而雨水從另一個人的胸膛滴落
是在等待一條舌頭，或者別的謊言

你從櫥櫃裡拿出把槍
塞進別人的嘴裡，那種嘈雜
會令你快樂嗎

你——你是一個快樂的人嗎
你的指尖捏著即將哭出來的喉嚨
但你不哭出來
「因為你是一個快樂的人」
從我們一同生長的皮膚裡走出來吧

從我們一同生長的骨骸裡走出來吧
像一座岸
毀棄了整片的海

你是一個快樂的人嗎？是自己的牢籠
還是勉強在臉上畫著笑容
每檔台詞也都是偉大的作弊者
你畢竟是一個快樂的人
且讓每一個錯誤
都源於你正確的選擇

長濱

他們總是把最好的留到最後是吧
比如說把長出豐美稻穗的海洋上空的田地
留給自己並不一定最愛的女兒
但沒有人問，為什麼，沒有問題
隨著太平洋上來的海風逡巡
沒有海鷗，沒有鯨噴，當然也沒有你

但你是看不見的。你看不見沒有問題
要如何看清楚風的方向，海漩渦的湧動
看不見我，讓我在海的尖崖上
呼喊你的名字總是把最好的留到最後了

是吧。你是我呼喊的最後一個名字了

沉落在海底的時候你在想什麼呢
——想要找到自己的名字嗎
你找到的不過就是你所見到的
這淺薄的世界而你漂浮著，你漂浮
日子一天天短淺了，而夜晚逐漸變涼
你還在說話嗎？我還在。我還在說話。

在冗長的夜晚尋找你讓我成了一個傻子
夜晚讓我們都成了傻子
但愛不會，愛會讓我們全面覆滅
在友愛的長濱而這長長的沙丘——會記得我們
然後明天將你我遺忘

豐原

在甕底沉澱許久許久以後我知道
那些曾被眾神豢養的葡萄們
如同夢想一般逐漸
解構、腐化、重新建構成
另一種新的型態且放送出所謂
醺醉的體味
同時
葡萄們以如此的自己為榮。
在夢過度發酵成不可服用的汁液之前，許願：
我的

幻想中
自己
將成為
一個
葡萄
內裡充滿甜美漿汁或者
回憶。

沉澱許久許久之後我伸手揭開甕的蓋子
迎面而來的是千句百句
「我願意。」

烏山頭

我想跟你談一談那座山。曾經我們
一齊攀爬過的，以為永遠到不了頂點的
那個地方。像我在你臉上
初發現的細小的瑕疵。或許是給時間
所留下的城市的煙塵，稍高的眼壓
從前次抗爭裡頭癒合的疤痕
如此親密，僅容許我一人觀看
已經那麼久了嗎？未曾退潮的浪

我想跟你談談那棵樹。一棵頂過了枯夏
野火，澇患，乃至於愛裡的枯水期

是你的手指在我雙腿之間，東西南北
如積雨雲般生長的樹都是時間
當時依然年輕的我，風所留下的
雨所留下的光陰所留下的末班捷運
所留下的。或許有時
你也會想到我，也或許只是有時

房間又空了一些。我想跟你談談
一個永無法釐清的缺口
是湖泊的沒水區像珊瑚，抑或
你手指讓我握著就是掌心的珊瑚？

我想與你談論那片海。駛著船
浮沉在寧靜的湖面有時也像極了海吧

你我的世界那麼小，如此寧靜
丟一根針到不存在的地面，也都是
男孩曾經黑色的眼睛，盯著，看著
等著在一座黑色的山頭底下是一片
黑色的湖泊是我未曾攀緣

坐在烏山頭的壩頂我認識了你
坐在沒有你之處
我認識了風
枯水期的深冬我是我自己

＊本詩榮獲吳濁流文學獎現代詩優選。

芳苑

尖銳的蜂鳴直通我們的心房
毒雲黑雨同聲降落
如今我再不去看你的手心
是否握著同一只臂章他的誓言和細語
我的弟兄啊
我們會被全數殲滅嗎

來不及後送的夢都支離破碎了
曾經相信的旗幟仍然舉著
風剪開它
像剪開一封不能抵達的信箋

寫有我們錯誤的信念比如說講好的一起回去
比如說約定明年的花季你都記得清
我的弟兄啊號哭是鬼的號哭
誰還去聽呢
眼淚都留給上一口泉水了
拿太陽的血潤著砲膛潤著彼此的臉
我們能就此攀出砂礫的黑井嗎

我的弟兄我悲泣的弟兄
壕溝和土壘是你為自己深掘的棺衣
活著是對我們活著的懲罰嗎
能不能用崩落的碉堡
砌成另一個安全的處所，從此
無哀無懼，無瞋無痴

無色的月相與巨大爬蟲同在空中高懸
俘虜有俘虜的自由，占領者
也有占領的憂戚
受縛的姿勢可以睡得信賴像一道牆
用一輩子時間等候座樓的完成
等候風來

風起
將餘下的屋簷毀棄——我的弟兄
生存沒有丁點的活味了
你聽見列車軋過軌道的地鳴嗎

讓我們一起回去
看見個陌生人住著你的房子

向他索討我們的來世依舊生還
錯遞的流彈陸續在我們的胸膛炸開
此刻你的臉堆疊如石
我的弟兄
你還在聽嗎

古亭

古城之亭，你敲打。你敲打書寫不這麼做
你就無從活著。文字裡邊
你有自己的一座城
是潛入的刺客是盜取火光的忍者
你也知道祕密的後面還有祕密還有更多的
祕密。在那裡為你守護，等你開啟

多數時候你潛入，為了刺殺又為了想要
看著它耽美地坐在那裡嘲笑你的到來
你習於守護但並不介意毀壞
為什麼要寫為什麼不好好工作

去捏碎一朵玫瑰，牡丹，橄欖枝
為什麼不好好地生活

偷情者你是來自昨夜的巫覡
總是偷去別人前夜的新娘
誘拐，偷用，藉襲
只是你從未碰觸，從未碰觸在鐘樓的亭午
時候到了你將展開你清淺的告解
讓我們聽聽吧：想像，能有什麼一體的回答

你的告解並沒有等到想像的冷酷拒絕
弔唁的時候他們說你已是太多人的審判者
在城市的中心都貪戀短促的碰觸
命運尚在吧你是王同時也是每人的螻蟻

隨時你不過是自己的贗品
可肯定的無人出價，也就無人搭理

成功嶺

早晨我們是開展了翅翼的鳥
那時我對你說——鳥類比我們
更習於自彼此翼尖摩擦出自由的火焰
而某天，你遞給我火焰
要我溫熱了自由
我們就比海與天空
更近了一些

午後我們是牧羊犬奔跑在玉米田間
午睡後我們在生與愉悅間巡守
快一些

永遠再快一些
而你又發明了新的語言
吐出溫熱的空氣，像隻蜜著露水的舌頭
讓我歡愉讓我忍不住伸指碰觸

但愛豈止是隻火之鳥啊
豈止是隻天堂地獄的三頭犬啊
自由
是它在夾縫中送來了明日的訃聞嗎
如此偏執，如此傾斜
近乎於冷靜，無法遺忘

而愛是你所竊取捏造的
就只不過是在掌心抛出了硬幣

正面，還是反面
對你而言並沒有什麼差別

直到夜晚我們是沉降海底的巨鯨
鯨翅，碩大的身體，尾巴
所有的巨響獵捕了我
火焰裡並無自由
語言裡邊更無空氣
幾分鐘之內，你即將攫獲我的靈魂

你正攫獲我的靈魂
或者，你曾經。
但我寧可未曾遇見你的靈魂
在遙遠的南方寧可自己未曾愛過

木柵動物園

昨天河馬小姐那個動作很有創意
我們保留，但是
大家請務必記熟台詞
昨天，有太多人忘詞了
我說
請大家盡情發揮生活經驗
可是走位也得走熟才能要求表現
好，我們今天就從
河馬小姐出場的第二幕開始排……
卡！
記得我們不是馬戲團

舞台上不適用叢林法則，等等，
老虎先生請放開
你不可以吃了兔子，那在第三幕，對
直到正式演出之前都不可以
再多發揮一點好嗎拜託
河馬小姐很有創意
但是妳再打呵欠我就送妳去整形……
我們到底要排到什麼時候
再這樣下去，你看
今天小狗萊西動作太慢
節省時間好不好
蜘蛛你鞋子穿一隻就好
代表八隻都穿了我們只是在排練
節奏太慢

烏龜先生你要跟上緊湊一點

很好大家今天肢體進步最多了

等台詞熟了走位也熟了再來要求

感情

對，我是說感情，

我們到底要排練到什麼時候……

神木

我降生在一個充滿
溫暖陽光的花床，零歲
知道自己在被賦予生命之前便已
命定的美好人生
懷抱眾多的玩具以及奶嘴
一步一步成長

如果我流血了請原諒我
你被一棵大樹吞了進去

但我知道，在每一年的同一天

當我鼓足紅潤口唇吹熄蠟燭
我的人生
其實正如同桌上華美的蛋糕般
空洞，虛浮
被眾人用力瓜分
以一種無限歡娛的姿態
一歲
站在生命的起點我已
看見死亡，那只
被狗兒利齒撕碎的填充玩偶
安靜地睡著
棉花四散在肚腹之外
血腥，並充滿童真
我是一隻早熟的蘋果自樹頂躍下

落入金色瑪格麗特鋪成的花床
那麼乖巧沉默。
起因於某個
遊戲間引發的奇異靈感，我
兩歲學會如何使用打火機
點上生命中的第一支菸
將自己更進一步
推向死亡，但其實
我從電視節目當中學到的
死亡
遠比自己豢養的一株九重葛凋零
來得更加廉價更加唾手可得

強力放送的網路轉寄檔案

使我
才剛將英文字母朗朗上口，就已
對各種謊言的姿態瞭若指掌
我知道
該如何捻熄火柴而不會
燒痛手指，更知道
瓦斯爐上的開水一旦燒乾
自動系統將體貼斷火
隔絕我們於死亡的門扉之外
此時我四歲，懂得
最貼近停止呼吸的種種方法
並且清晰記得
第一次下水游泳我是如何
蓄意地吐光所有氧氣

胸腔浸滿氯水宛若那些
發炎浸潤的肺葉
漸次停滯

我必須正視死亡，因為
那是自從生命開始
便時刻在耳邊不停敲響的喪鐘
五歲六歲七歲
隨著加入同儕的遊行隊伍
我驚喜發現
更多更多我未曾涉足的可能
足以使另一個人流淚悲傷，例如
偷偷刺破保險套包裝
謀殺某個不被期望的生命

（它將自子宮內膜小心翼翼地
被刮下，睡在
沾染血液的棉花球中
隨即放進玩偶塌癟的肚腹
疼痛地被珍惜著）
非常喜悅

我依循眾人步行的軌跡
踩踏著頭骨堆垛成的棧道
成長，並步步邁向死亡

全都命定。
在我降生轉世一再重複的生命中
金色瑪格麗特如同暫留視覺般

不停演映於八歲的視網膜
九歲的年輕陰莖
然後
綻放我十歲的腦血管瘤，於是
我不得不認真思考
在十八歲生日那天自我終結的可能
鋪排妥當舒適的臥姿
吞嚥十八顆強力安眠藥以資紀念我
短暫絢爛的死亡，是的
死亡無所不在
渲染我少年時代十一十二十三歲
如造型蠟燭般亮起
隨即熄滅
在大樓工地玩起不戴安全帽的遊戲

也從不擔心鷹架掉落，因為
我們有預防措施例如人壽保單
徹底防止心臟停止跳動

過量麻醉。跳樓。火車出軌。
平交道車禍。西瓜刀與飛車少年。
瓦斯氣爆。一氧化碳中毒。中風。
心肌梗塞。食物中毒。愛滋病。
癌症。在樓梯上跌倒。
示威暴動。六級大地震。路面陷落。
綁架撕票案。藥物濫用。
或者我們屏氣凝神經常忘記呼吸
自分歧的心跳中脫落而出……
誤食毒蘑菇。燒炭自殺。墮胎血崩。

人行道上掉下的花盆。雨天騎車。
禽流感。冠狀病毒。酗酒。
仇殺。情殺。被自己的兒子毆打。
死亡看似遙遠虛妄
卻又以非常荒謬的姿態時時出沒
宣告我們的大限，啊
大限
可能就在明天，可能
就在邁入下一秒的每個瞬息之間
臨幸我，是以
我必須早在剛滿十五歲之前
寫下偏執的遺書
紀念哀悼自己注定的死亡

恍神時我又依稀看見
金色瑪格麗特盛開
在扦插了十七根蠟燭的蛋糕上
她們微笑著
像陽光，空氣，水
灼痛我脆弱的視神經
幻覺布滿我全身
從零歲開始向上攀升的年齡匍伏
潛藏許多許多禁忌的祕語
一幕一幕演映

然後斷裂
斷裂
斷裂

生命喀喇一聲被彎折扭曲
像衝擊過後的脊骨
垂掛眼前
迎風盪著如一襲輕薄的窗簾……
我隨之噤聲
知道死亡將覆蓋我
自零到十八的倒數計時如此靜默
而又必須
溫暖陽光之下我必須荒蕪，必須
以寫就的遺書對抗生命
懷抱眾多未及完成的夢想自戀步入死亡的命題
一步，又一步……

輯三　島的音階

現金及約當現金 投資損益 按公允價值衡量之金融資產
應收帳款淨額 存貨 其他應收款淨額
按攤銷後成本衡量之非流動金融資產
採權益法投資之不動產廠房設備 使用權資產 無形資產
遞延所得稅
歸屬母公司業主之權益項目
資本公積含發行溢價 受贈資產 合併溢價 限制員工權利股票
非控制權益
負債資產都有沒有平衡了呢……

一線天

在唯一的天空底下當你想寫你覺得
自己無非是一個沙人。每件事情迎面而來
都你一樣支離破碎，都一樣，
都可以從指縫中溜走。

在同一座天空底下你坐在你坐在桌子前
或坐在桌子上其實並無差別。
天空嘲笑著你寫的痛苦
首先體現在手指掐著筆的位置
你歪歪斜斜地寫。然後是那夜。挾著生活，
洪水般將你沖散。

黑色的洪水。洪水是看得見天空的嗎？

在沙做的天空底下你把臉埋進沙漏
所有字都往桌面的邊界溢散出去
當你不寫的時候，也就不寫了，
一盤沙或者怎樣都無所謂。

你逼迫自己坐在窗口看著一樣的天空
看星辰起來看星辰落下，太陽起來太陽落下，
乾涸的眼底你像個瘋人看著一輛車
開進另一輛車，靜靜的什麼你聽不見。

你也不哭。也不笑。
可能走到街上去只是撿起

幾個鐵罐幾張報紙，把日期按壓在胸口
心臟跳了幾次，日期沒什麼回音。
摺起眼睛。摺起耳朵。

在你的文字裡頭藏著一個母親和一個父親。
因為你不能分娩出你的父親與母親，你在
他們身上各安上一道傷痕，
讓他們並肩躺著傷痕會形成一條弧線。
若他們重疊，就形成一個叉。

你的痊癒能力不算很好，有時
假裝自己是另一個人，尋找一本
沒被寫出的日記。
窗外的楓香又生出了綠的芽。

你希望它把枝枒伸進窗內，和你齊困在同一間房裡。
在同一座天空底下。

二子坪

是寫出來了事情才存在，抑或是
你寫的東西你並不總是將它們收起來。
生活是鏡子是雨後的水窪
你失去胃口的時候連水都不喝。

抬起頭來，看著天花板上的電扇它難道不會暈眩嗎，
而燈光，燈有一雙非常明亮帶電的眼神
它看著你看進你的皺紋每一天都反過來嘲弄著你
你的毛孔。它長著針。

但你想：一根針插進沙裡頭

是會被淹沒的，所以這樣就好了。
寫下的字像是一瓶啤酒給倒進了玻璃杯裡
存在或者不存在或許無須證明

寫不是錯的，不寫也不是錯的，
只是你未曾滿意過。

三仙台

人們來到這裡，不知他們求的是什麼
礁岩上，林投林匍匐像極了那些人
伏低身形，其實不必三仙福祿壽
一些事情要成，只需要：
三個人。三人成虎，三姑六婆
很快，保證，讓人有個三長兩短

只因方才吃過了三鮮魷蝦參
飽足得抬頭同看三光日月星，三是這樣的數字
完滿如三支雨傘友露安，全都咳就是全都錄
美好總是值得貪，值得瞋

值得痴。人們來到海岸林投林
把林投林倒過來念依然是林投林，對吧

沒有出口也沒有入口的是福祿壽的身影
奇美拉獅蛇羊三個頭會給你幸福嗎
或者是在熱帶的氣旋裡頭
將他們燃盡生，燃盡死，燃盡了夢
怎能不是一世三循環

人們來到這裡，在礫石的岸上反覆
反覆堆疊，執念，沒有仙人指路沒有預言
也好，寓言也罷。屋子是國氣味是你我
沒有英雄三緘其口將他們解救
黃綠紅，天地人，如何用一塊奶油麵包

引開三頭犬的注意力呢？人們來到這裡

祈求的是什麼。君臣，父子，夫妻
無福消受，無祿傳遞，無壽有疆的那時
一切都消散了在林投林的林子裡面
林投林裡頭是否有個林投姐
她說話她的三寸之舌
讓你幸福：她說此路不通請你們回頭
而能回望畢竟是一種幸福

即使為愛網開了三面
在無仙人的所在，說出那三個字
或許都已嫌多

四草

你寫的理由其實簡單。
你恨透自己季節性的憂鬱總是穿了錯的衣服，
在冷天寬衣在雨天收傘，赤炎炎的晴空底下
你有一件羽絨的外套無處可擺，
把它脫下你從縫線下面抽出一根根羽絨一根根。
你抽著它們像把自己拆散，
風來了就飄在風裡。拆散
四片葉子的酢漿草。

昨日的雨下在溝渠，你寫的理由，
你問，你答，說給自己聽久了你不再問。

在這裡你坐著。你寫，寫之前清咳兩聲
撥通電話撥完了你寫，電話沒接通你還是寫，
都很好，你寫的理由是追求繁複
但你欠缺的是所有的簡單。

你恨透自己總是在這裡空空坐著，
和自己爭吵的聲音在二月的第二十九天，
陽光總是太晚出來出來的時候
讓整座城市顯得健康，顯得安全，
清潔自在得虛假了傷逝了所有人都在笑著。

翻盡了原野你沒能找到四葉的酢漿草。

五分埔

你穿上一件衣服你脫下一件衣服。
用一支精緻的刷子掃著的灰燼與塵埃。
記不清楚甚麼時候這裡有一場火。
一次災厄。季節性的，
或在日夜交替的時候毀棄了一件衣服。

你坐著。有時你站著。你寫。
你的衣服。那天你穿著什麼呢？
那年的二月也有二十九天，
輕盈的班機來了載走了沉重的
海洋的行李，背著自己的臉走來走去，

把別人的臉放進信封寄了，
蓋一個章寫上不屬於他的名字。

寄了都寄了春天到了很快又走。
你寫的理由只在這裡。你穿上他的襯衫。
掉進漩渦那樣深深旋轉，
深深地沉。

沒人認識你的地方你對誰都能十分殘忍。
你把舊衣都丟棄了想面對真正的自己，
真正的，沒有影子的時候世界
像唯一的燈火伴著你不知幾時會熄，
你想這樣很好但你還是恨。
你想脫下世界給你的那件衣服

恨你有一襲錯的衣服你穿或不穿沒有差別，
你不能不穿，理整衣領假假笑了
走進人群而開始的問題
是甚麼，其實也沒有差別

六堆

讓腐爛的腐爛，讓發芽的發芽，
讓跑的繼續跑但靜止的繼續靜止，
讓心中那幢大樓坍陷，
選定別的位址再將它立成行走的碑文。

讓關上的關上，讓打開的繼續打開，
讓發霉的繼續發霉讓明天還是明天。
讓我暗了下來。不說，不問
不聽不言語。你關上門，你關上門。
讓筆記散落讓數字散落，讓群島流離。

讓雨水像熔岩從腹腔緩靜地流淌
讓感覺再次失去感覺讓你如此感覺
讓世界再也沒有甚麼是重要的

讓我坐在口井底讓我身邊有一個陌生的人。
讓我想答但張大嘴裡頭讓我有個久遠的傷口。
讓空氣從那裡進來，
讓空氣從那裡出去。

讓泥土構成疤痕讓風也是你的歷史，
讓吹吹就散了的讓你什麼也想不起來。
沒有人聽，沒有人說，無人過問。
讓今天只是你你快樂的一天讓你其實不很確定

讓杯裡的水輕微晃了一晃，不讓它溢出來
讓人生是這樣人生當然是這樣。讓一天將近尾聲
讓關上的關上，讓打開的打開，
讓發霉的繼續發霉，讓明天還是明天。

七股

你是不是已成鹽柱了呢
活在文字裡邊你有一座城。
同時你是潛入的刺客，
為了幾冊頁他人窮盡生命寫就，
煉金的方術和絕情的藥方。

你也想回頭看看如不是書寫
只是安穩地生活，看著天空，仰躺在
玫瑰花園的祕密裡頭
是不是間諜同時也是權柄
你守護可你習慣將之葬在墨黑的夜裡。

橄欖枝很好玫瑰很好
牡丹花下死，也很好
什麼都不寫你何不就這樣好好生活。
先踢倒了淚水的汪洋再推翻卑微的論證，
啊生存，生存你說，怎麼能簡單地活。

海是鹹的淚是甜著不寫很簡單
會不會卻讓生活過得更能
偶然你——成為了愛的偷情者
桌子這頭那人說話，愉樂也寂寞
明媚的眼神，總是意有所指。

你想偷情者總是急於建立關係

嘗試另一筆新的寫法
在極短的時間拿極少的語言
進入另一段魔術時刻。
你赤身而無刀劍防身，啊偷情者
你是來自昨夜的巫覡總偷去別人的新娘

你的住居不必然等於你的生存，在那裡
不寫比較簡單，但如此活就變得比較艱難。

你清淺地告解並等待冷酷的拒絕
弔唁的時候
它們說它們說真的說你犯的罪是你已擁有太多
讓你成為了他人的審判者。
但你是王，你也是螻蟻。

隨時你都充作了他人的贗品
你是光，你是鹽。你是雨後兀立的鹽柱。

八堵——南榮公墓

您肯定能分辨什麼是美的。
那些混凝土與青銅的雕像，在眾目
睽睽之下更換了隊形
扶持彼此肩膀他們舒張凝固已久的腰脊
彷彿胯下將輕盈地飛出鳥來
不存在的關節
正發出銅鏽剝蝕之聲響
他們何嘗端莊地為自己跳舞

在孩童與婦女之外
在夏蔭與泥濘間，您並未猶疑太久

便發現有路徑傾向沉默，而風
自暗處攜來各種想像……
黑色鱗片在您與旁人中間充分地刮搔
引起一陣議論，比如說
「俗豔色彩的野餐布應該被嚴厲地禁止」
「為了花朵我願意多鏟平一塊草地」
是無花果樹或玫瑰園呢
您總感覺其中之一有些多餘
噢除此之外
您肯定知道什麼是美的

當您再次回到雕像的面前
他們捲起褲腳舞動，或甚至斜躺了
如一個個淫蕩的少女

看見老鼠匆匆伏過草叢噴泉
那會使您放肆地尖叫嗎？

隨白晝正在退卻，天空斑斑駁駁
鋼鐵手臂伸過來稍遮住了夕陽
指揮孩童和影子，噴泉
和雕像，各回到它們歸屬的地方
星期天，此處萬物將息您知道
什麼是美的……
蕈類張開朵朵小傘等待
明日可能順勢召開一場晴空
或者暴雨。

九芎林

日子過去日子過去了困在透明的盒子裡
你出發，沿著盒子的十二個邊線走過，
有的時候重複走一條路有時候沒有，
日子是數學或者它不是。
雙數單數可以或不可以，你給自己些規律，
然後再破除它，規律——就是在那十二條路線當中
選出一些可能，並且在有限的選擇中
走出第十三條路。

度過許多時間你找不出。把手指都用盡了，
你數，把耳朵拿下，繼續，

啊左耳是十一，右耳是十二。
鼻子是十三。

你聞不到什麼氣味再讓你神迷，
聽一首歌，想一個人，誰的體溫。
你以為逃往地底就能躲避時間的追趕，
城市如荒漠你無非是其中的一粒沙。

你被吹起有時，衰落有時，
沒有扇窗為誰擰出適時的雨。
你想問些重要的問題
但沒有人答怎麼會有人答你。
生活像一個盒子，裝著甜的祕密。
數學像一個盒子，永遠有可能的解答。

你張開指縫讓天空漏出去
你還是在這裡。還是在，
你看見別人相互交換了頭顱，你也想，你問，
可以不可以，他們就笑，指著你的臉說
你走過第十三條路了嗎。你說沒有，
他們又笑。

說你還沒有到達就不能問
不能說最好連寫都不要寫。
你有一種悲傷。有一點恨。

恨說不出來的時候，你寫，把墨水寫完了
血液寫完了汗水寫完了眼淚寫完了，
最後擠出一點精液也把它寫完了。

你總是憎恨柏油路面在午後晒得什麼都沒了，
青蛙的乾屍從你面前跳過像嘲諷著什麼，
那是時間，幾支黑暗的指針往你指著，
指出你空空的裡頭
而你不知道那裡有東西沒有。

你想問。但想想，還是不問了
天空是晴爽的藍色。

後來你決定去參加自己最重要的一個典禮，
母親幫你換上什麼衣服，
其實你平常不那樣穿的其實你不。

但你也不反對，安安靜靜在那裡，

看著眾人前來，走路的時候你只是一個人，
日子過去日子都過去了你還是這樣的人，
寫或不寫的理由，還記得嗎，比如說一首詩，
有或沒有人去讀，最一開始的問題為什麼提起，
寫什麼怎麼寫，倘若世界只是這樣。

繁花盛開，雨水凋謝，
又能有什麼差別。數學不會背叛。會，就是會。

十分

我十分嚮往你的皮膚上黏著塊金屬
十分熱切地投擲著骰子想要從命運中確認些什麼
在每個聊賴的夏日午後我們
十分想念十分脫軌十分激越地唱起了
誰身上十分地破落了
又有誰十分地消瘦，乾涸了

我十分傾慕他們的世界總是非白即黑
十分清楚十分確定十分安靜
而安靜總是為下一個年頭帶來十分的嘈雜
「你相信我嗎？」我十分相信

在95%的信賴水準下，並沒有人
會像我愛你一樣愛我，對此我十分肯定

我十分懷疑或許你是那個二十分的人
窮盡一切獵捕一隻從瀉湖佚失的蝦蟹或者什麼
我十分想你十分看重我們曾經的一切
在吉卜賽跳蚤市場十分錢所買的紗織圍巾
如今已十分破爛了對吧
也沒有再讓我們和談的語言了

我十分確定愛會讓你我彼此毀滅
你十分愛我就像我十分愛你一樣
懸崖就在那裡
我想問你最後一個問題——

若我跳了，

你跳，還是不跳？

水聲十分地滂沱啊它在那兒流了幾十萬年
如果你過去了我會忘記，可如果我過去了
你就用一輩子
去回填你十分的懊悔

輯四　# 風的灰燼

請容許我的心是熾熱的

請容許我談論您所犯的錯

或只是讓我對此保持永恆的沉默

請容許我喜歡我自己

容許我

站在這裡就是我此刻的樣子

風櫃洞

或許有個祕密你會向風去說
比如說在颱風天撐開把傘
走進雜貨店往口袋裡拽上一顆軟糖
而夜晚並沒有帶來任何黑暗
那時世界滿滿的到處都是太陽
你只是想像父親靜靜走在你的身邊
繫妥了領帶或領結
而他穿著鞋已經磨舊磨髒了
他已經死得不能再死了
曾經有個祕密你把它藏在衣櫃最深處

比如說你穿上了母親的高跟鞋
試圖成為他們不讓你成為的那個人
有人出聲責備你的時候
你知道自己是美麗的
美得帶有末日般的絕望對吧
在街底的咖啡店你在別人頸子留下吻痕
要你像讀本書一樣地讀懂他們
你推開門走出去了那門咿呀作響

有個祕密你面對無人的岩洞
翻身找個無聲的角度把自己坐進去
曾以為自己是樹的人
終究發現自己不過是幾片葉子
那麼地輕那麼地不抵季節

你已經死得不能再死了
有點接近你的父親更有點像你的母親
明天還能那麼乾脆地
沿著昨天走來嗎

你是每年固定抖落葉片的一棵樹
穿上別人的祕密看海把兩座島分開
當太陽落下當月成為夜的太陽
夜如此明亮你走過這些
你沒能脫下那雙穿了太久的高跟鞋
也或許就是活得不能再活了

烏來

讓我們練習惡意比如說
設計濕滑的樓梯
並令他們從上方快步地跑下來集合
命他們嘲笑滑倒的人
然後
我們將會開除那些嘲笑者
——你們笑得可大聲呢你記得嗎

你們都喜歡殘酷，是吧
那麼就讓我演繹一段殘酷好了比如說
躺著將足尖延伸去馬路的中間

等一台車或呼吸著的夜晚可能沒有車
不要擔心
現在是深深的夜晚
——你暗自啜泣問「為什麼是我」

沒有車，沒有自駕巴士經過
沒有人會目擊你的足尖——正在
給這座城市軋扁了
於是接下來
這軋扁的頭骨就是你的身高了
挺好的，旁人不留意你
事實是你也不想念你自己
我不能辯駁。你也是

現在是深深的夜晚。你在哪裡
你必須做件壞事：
將菸蒂熄在自己的胸膛，僅一句話
做吧來吧，並沒有什麼惡意
能與善意共存；快樂，與憂傷
像把
沾滿顏料的油畫筆
它能夠

畫下你們最卑微的自畫像
畫下你下一個征服的文化，部落，且
高喊著
「千萬不要回來」
不要活著回來

男孩路的賊

你偷走壁柱間歡愉的回音，偷走
人們談論的偉大問題比如說
青春，愛情，乃至便溺的痕跡都在那裡
偷走每個人年輕的頭蓋骨
偷走荊棘你偷走花，偷走了
才咬一口就被丟棄的奶油泡芙

你在許多長廊上轉身，偷走
一張以後搖滾為側標的酸爵士唱片
你狂想，附會，穿鑿，且對此有些不安
偷走男孩的舞鞋，偷走女孩

尚未下筆開始寫的一封信
偷走問題，是為了指向更深的解答

你偷走在城裡飛不起來的蒲公英
偷走理解與誤解的總和，偷走了力量
速度，與金屬，當然還有
愛情。你偷走喉嚨裡的花刺為何長在那裡
偷走唇間的剝皮辣椒你偷走了
從販賣機彈射出來的尖叫聲

終於你偷走一顆擲出了七的骰子
偷走白日夢敲醒一隻失眠的貓
偷走反面的自己無所不容且無所不愛
你在這條路上走著

偷走每一個人的宇宙也都是你的
偷走靈魂，燭光，與標準答案

你覺得這樣很好。你偷走栗子花開
偷走春天並偷走了父親的襯衫
偷走鏡中一頭雪白獨角獸安靜地流淚
這路走下去就成了青年路了是嗎
你能偷走自己的雙眸
但偷不走未來的未來比如說

東方尚未升起的太陽，亮
而且美。那麼地亮
而且美

綠島

拿竹筷指著彼此的頭顱有什麼差別
裡頭安著個禁不起玩笑的靈魂有什麼差別
斷了的牙纏了滿身的繃帶有什麼差別
在廚房裡彼此再不說話了的人有什麼差別呢
給了真心與說出謊言
會有什麼差別

天空是藍島嶼是綠而海洋是什麼顏色有什麼差別
一隻蝸牛昨天就爬上了葡萄藤有什麼差別
日夜播放的新聞滿是凌亂有什麼差別
臥室裡的玩偶與床單滿是征戰又有什麼差別

把花與承諾修剪整齊了
又有什麼差別

為你穿上束衣咬緊口球會有什麼差別
發著一場幾個季節久未痊癒的騷熱有什麼差別
站在巷口派著遠方的消息該有什麼差別
獨裁者與政治家有什麼差別
有個嬰孩即將誕生和未來有無希望
能有什麼差別

跌斷脛骨像是對他們的抵抗有什麼差別
久站了握著個裝滿沙子的紙箱等他們的到來
有棵樹在庭院裡生出了綠意
關於未來是不是能有個更簡單的答案

在這座島嶼上天空總該漸亮，漸暖了吧
對於過去的人而言
能否有所差別

關山

彷彿在出生之前已見過整座銀河
且對世界感到失望了。習慣
在未能推開的高樓窗戶上
貼著臉且習慣並無人來將你我拯救
對吧——在閏四月的第一天
約定相見的滿月之夜
會是哪一個呢

終歸要錯過的愛
不過是你無目的的工作吧
而他們封鎖眼瞼封鎖不了眼淚

口罩封鎖呼吸像不久前才咬開了蒜頭
習慣在出門前點一根菸
現在
則在不能走出的門前
看著自己從鞋尖開始燃盡
遠方濕密的霧雨藏有黑細的針尖

也習慣了以針晷定時
習慣在夏季向秋天告別了，漫長的
閏四月春天啊——你還在聽嗎
梔子花有梔子花的幽靜
無人涉足的晒穀場上
已鋪滿了玻璃

從此我不再留意滿月了
畢竟豐盈也能是失約的藉口
母親們的願望
從來都清簡
從來都艱難，像生
以及死

然而死亡是可以被習慣的一件事嗎
今天會是適合放棄的日子嗎
在閏四月的第一天
我於封鎖之中端坐了
聽雨聽風
慶幸你還是我一朵火的蓮花

粉鳥林

他們在你們之間派發剪刀
要你們剪去最不適用的手指
而你們都是被奴役著的每個人都是一口枯水的井
差別不過在於誰能夠開出朵最值得被剪去的花
值得一個人循著繩索下降至更低的地方
然後剪去那隻最不適用的手指

你們都是被奴役著的一口井
與被奴役的一座大樓
你們沿街兜售靈魂買下一副更高價的太陽眼鏡
然而你們已在漆黑中端坐又盡是想像著最快速的道路
能夠最快速抵達的地方像你們是時間的共犯

而你們甚至未曾出發未曾揮舞一把剪刀

你們都是被奴役著的一把剪刀
把捏著菸的手指剪斷了
把通往未來的車票剪斷了其實你們想著
剪斷並不盡然是一件壞事吧它可以是
告別，可以是對過去的奴役還持續發生可以是
哪一隻手指呢哪一隻手指相對於明天
是最不適用的呢

而我有一把剪刀我這兒有一把剪刀
剪去黑色的苔蘚白色的枝葉而有人為了選擇
選擇腳趾或者手指而單純地踟躕
他們在你們之間派發剪刀要你們選擇

選擇舌頭或者生命
你們都是被奴役著的

像是一棵來年春天也不會發芽的春櫻
應該也只能開在沒有人駐足的街角
而他們派發一把鑄鐵的剪刀
總是如此樸實而簡單

我勤奮地工作等待你們選擇把哪隻手伸出來
或者靈魂或者舌頭或者
我這兒有一把剪刀
你也有一把剪刀
我們都是被奴役著的
他們在你我之間派發著剪刀

清境

若戰爭同向你我，一座盛滿兇器的房間
像愛上了一支匕首像沒有聲音的壓迫者吹奏了
結局的音樂。總有認識不認識的人
在黑紗底下藏著
幾枚銅幣就能買到的微笑

在一座戰爭的房間，謠言之海
溺斃了人群當中最善泳的那幾個。且自最初
自有碑文刻妥了說謊者的墓誌銘但在底下睡著的
都是認識不認識的人
他們曾聽信了閃爍珠光的承諾吧

你只能變得更健康了——若戰爭同向你我
在一座沒有兇器的房間，沒有一個人願意
去愛。而愛透著冰冷的意志
所以死。那些認識與不認識的人們
淋著不知開始亦不知結束的黑色的雨

在一座沒有戰爭的房間，誰的手腳
卡在了那無法認清的缺口
認識不認識的人來了微笑了揮別了彼此
走向嶄新的美德走向明天
走向不過就是遲早的，黎明將至

合歡

我記得——當戰爭延續了不多不少的時候
戰爭就不復存在了。但
我記得他們侵占了一座城市，在麥田上
挖掘戰壕，記得他們切斷了電力的供應讓深冬
攻擊我們。麥田不黃，藍空混濁
我記得一座城市在深冬裡躺著
而電纜裸著像一座城市
像一座城市裸著它哀弱的胃腸

我記得一座偉大的城市有兩家酒館
但戰爭之中，螻蟻是不會飲酒的

除非他們忘記，除非他們妄想將一切捨棄
將鋼筋插入敵人的腦門之中是正確的嗎
履帶的聲音撲滅了少女的祈禱，是正確的嗎
那細碎的摺紙一般的聲音
是骨頭被傾軋的尖叫，抑或是
並沒有任何東西發出了任何的聲音
嘿，你有聽到嗎？

我記得金色的勝利女神曾站在我們前方
而跛行的巨人經過了這個冬天
它是更堅決了還是脆弱了，我記得
有個說異國語言的男孩對我流著眼淚說著
我並不明白的什麼
但我不記得我有沒有扣下扳機

我不記得自己對準了誰
扣下扳機

我記得靈魂。尊嚴。與真理的說詞。但
這一切彷彿都已經不再重要，在一場
戰爭，延續了不多不少的不久以前
與不久之後
一座城市裡頭，依然會有兩間偉大的酒館
等著我們去翻開石磚
辨明底下藏刻的每一筆人名
像在雪地裡躺下的少年他冷卻了
等待淚水不及落下而依然溫柔

輯五　有人的所在

他沒說過他說過的那些
眾人等待他清潔完畢安靜地躺下
遞出一些選項
無菌無害無塵的黃昏裡頭他
許了個願望
但你們永遠不會知道

你還沒去過基輔（我也是）

你還沒去過基輔
還沒在十一月的獨立廣場
女神張開雙臂的腳底下
特警隊員緊緊握住的槍管
瞄準愛人的心臟
我還沒去過基輔，你也是
而有人不曾離開基輔

我還沒去過基輔
還沒對誰說出訣別的語言
貓在燃燒的屋頂間跳躍

犬在泥淖與雪地裡
細微地融解
你還沒去過基輔對吧
許多人，在基輔流下了鮮血

你還沒去過基輔嗎
想像在那裡
有許多的愛人共有祕密
有許多的愛人想像祕密的微小自由
還想張開雙臂
再聽你說一次——少年時代
所聽過的那些：
「成為一個保護國家的人」

樹與火都是生的暴力

橡膠彈與催淚盒與雞尾酒的對峙
暴力是有極限的嗎？或者暴力之
沒有極限
我們艱難地想著
基輔，不無可能

我還沒去過基輔，你也是
二月的別人踩過了他們的身體
二月的坦克去過了基輔
我們想起那個
沒能離開基輔的少年
他躺著了，一天之後
他稍微冷卻
漸漸變得溫柔

中環

你是灰燼
是時間
是時間走過你
你是不具名的灰燼

灰燼是你
灰燼是時間
灰燼是不具名的你
你是時間的灰燼

是你走過時間

你是時間的灰燼
是不具名的你
走過時間

走過灰燼是不具名的你
不具名的你是時間
是灰燼
時間走過你是不具名的灰燼

皇后大道中

今年我們能不能安靜變得渺小
像在去年的生日
焚燒你送的那支唇膏
搽上它並去吻街頭第一個遇見的人

今年的我們，能不能
像一隻倉鼠住進了抽屜
在黑色房間
堆滿黑色的靈感，黑色的安全
今夜的我們能不能在失速之前
就找到濕地的軟弱

讓我們最後一次望天空伸手
讓天空唱紫荊花的歌

雨來了就張開黃色的雨傘
若有滂沱我們便吃碗粥，夾塊牛腩
再展開對勇敢、智慧的論辯
自由，與思想的怎能封存

能不能讓風停止對土地的嘲笑
讓雨洗淨街頭刺鼻的煙塵
不幸的時刻有個不幸的皇后
總是嗅到瓦斯的氣味

只是每一隻手都在上升。

各自的手指，指向許多星辰的方向
能不能給它們一座港
讓遙遠的大船能夠駛了進來

明年的我們要低垂進土吧……
我搽了唇膏安靜變得渺小
在黑色房間撐開黃色雨傘
遙遠的大船它終駛了進來

另條街上還有人騎腳踏車
一條街上焚起了唇膏，紫荊，寫字紙
昨日的花叢騎出一位青年他騎車
搖搖擺擺
且發出吱呀的聲響

武漢

我會給你時間。報廢的時間
我口吐規則，讓新來的人屈膝飲用
所有快樂都是我的
所有指紋
則在這兒押下

我將沒收你曾穿妥的衣裳
再按各人所需用的
分售給各人。若有什麼在此刻龜裂了
那必然
是原本就開始腐蝕的東西

我僅信仰著梯級與梯級
權柄的氣候，街景與冷空氣
啊，關於城市，我的在場無可避免
有人在我足底仰望
有人則在那悔罪與親吻

我就是你的生活：
那裡大得可以裝下每個人的幸福
以及其他人的咒詛與勒索
黑色雲朵飄過你的天空
金色雨霧，則都是我所擁有

新疆

昨天才看過的節目消失了
馬雲與馬化騰都消失了
午後開著的電風扇與白紙都消失了
剛組好的積木與拒馬也就這麼消失了

翻過的書頁消失了
拄著登山杖走過的路徑怎麼就消失了
劈砍過的野草成長了又消失了
摘下蘋果在回家的路上而家消失了
你的名字喊著喊著那聲音消失了

樓下尖叫的女孩被消失了
從歷史篇章裡站起的身影都消失了
不男不女不問性別的廁所消失了

記憶裡的教堂鐘響彷彿從來未曾響過
群眾所高唱著的旋律是什麼時候被改寫的呢。

迷失在街角的男孩他的影子消失了
光消失了，黑暗也消失了
灰色靈魂是抓不住的韁繩消失了
全稱的你我和我們當然也就這麼給消失了

而消失的你終於相信他們了
消失的你終於擁抱他們了

在消失了誰都沒有名字的天空底下
你忘記你是誰了

青島

昨天的風寬廣，清涼，乾爽
是個適合抗爭的好日子
然而——有什麼日子
是適合抗爭的呢

如果可以
誰不想慵懶待在家
再睡五分鐘喝一杯半糖去冰
不是在美好的夜晚
趕赴一場迪斯可不被聽見
而昨天是個適合抗爭的日子

他們搗起了耳朵
他們在場內舉起了雙手
我們勉強擠進人群
我們把靈魂信仰交給彼此
高呼與歌唱與對峙
昨天是適合抗爭的好日子

而今天——是適合抗爭的嗎
如果可以，誰不想只是
坐在沙發上喝著啤酒
擼一隻貓看著狗兒對肉乾垂涎
談論一齣拖得過長的
爛的影集

而今天它還在延長著成為
所有明天的第一天
氣溫驟轉直下
昨天，是個適合抗爭的好日子

讓事情結束
且讓其他的開始
像是風把雲收走了像是誰
把國家收走了而我們看著今晚
清涼乾爽的天氣
像雲
對於風都無能為力

關於明天的天氣預報

誰也說不得準
而今天島嶼正落下驟雨
明天會不會
也是個適合抗爭的好日子

阿塱壹

緩步行走緩步行走緩步行走。
地平線上三個旅人
背著霞光，喘氣如橙紅的雲
氣氛十分乾燥
只有剪影，顯然他們
尚未決定目的地。
（再走慢些）
三個旅人拖拉一口箱子
在沙地上刻出痕跡
筆直延伸往他們的來處
背景轉成深赭

足跡被箱子抹消，似乎不輕
太陽傾斜了並且掉落在平原某處
火色的煙塵沸騰
（沉重地緩步行走緩步行走）
驟然有飛鳥逆溯光圈而上。
是鷹、是鴉、是雀、是
帶來綠色橄欖葉的鴿
它的航行
對應三個旅人的流浪
如流星一般驚嘆
如流星一般沉默。

背景：晚霞也靜止了。
在紛然亂呈的意象當中

（最後一景）
三個旅人依著地平線
留下了無聲的剪影
背光。鴿子說
「怎麼他們的箱子上了鎖呢」
畫面中一切如我算計
裡面有
三個旅人對應一口箱子
木箱，對應鴿眼

（寧靜行走緩步行走）
鴿，再度橫越凌駕整個場景。
以夕陽作襯底

在無邊緋紅豔麗的天空之上

戛然中止

＊本詩改寫自〈票匭裡的黑洞〉（收錄於《嬰兒涉過淺塘》）。

代跋

與山近的，離海亦不遠

二〇二四仲夏，我把這本詩集《與山近的，離海亦不遠》的稿子交給寶瓶文化。距離我在二〇〇四年所發行的第一本詩集《青春期》，就這麼整整二十年了。

二十年——是怎樣的時間，運作在你我生活當中的把戲，又是怎樣一回事呢？當時並沒有想得太多，甚至不可能預測到，後來的二十年，我便成為了一個大人了談了幾場戀愛了，生活當中必須錨定的東西都差不多立定在他們所必被安放之處的年紀了。《與山近的，離海亦不遠》稿子交出。距離第一本詩集，二十年了。

那是二〇〇四年的夏秋之交，我決定給自己的二十歲生日一份有意義的生日禮物。便把自高中以來寫作的所有詩作整了一整，集結為我的第一本詩集《青春期》，發行日押在二〇〇四年的十一、十二月，算是在二〇〇五年二十歲生日前夕的一個，紀錄吧。

而後時間過去，我寫著。

我繼續寫詩。我寫著那些與政治相關的——控訴的，愛情受政治衝擊灼傷的，分心的。不可名狀的。而我們依然愛著。讀詩的人，都依然心中有熾熱的火焰。

／

那是二十年前。而二十年是怎樣的長度呢？

我記得，某次我和老爺在香港中環水岸邊散步的時候，老爺靜靜地說，「這裡，你我，現在站立的地方，兩十年前依然是海。」他講的是「兩十」。那港腔的中文。而他的語言，十多年來，也成為我的語言，那些有意無意的倒裝，那些直接挪用粵語的詞彙，我的港腔，我的英文，那些被老爺戲稱「你在台灣跟計程車司機講話不要怪腔怪調假裝你是香港人」的一切，時間過去成為我的全部。

時間是奇妙的把戲。小時候，認識一個人，相識了一年，多麼久，好像永遠。小時候，與另一個人分開了一整年，一年，多麼久，好像永遠。

但時至此刻，這個時候的一年，說起來何其短，何其迅捷，一個眨眼，幾頓晚餐，也就過了。一年，不過一個四季。不過一次溽暑。一次寒冬。

一年既沒有特別長，自然，就顯得很短了。

／

要怎麼錄記二十年的時間？其實也不過就是從大學畢業了，念完研究所寫完了篇論文。接著，折返跑一般待過了兩間公司，期間則出了幾本書。

工作上的同業時不時會問我——毓嘉，大家都說你是作家，你出過幾本書呀？老實說，每次，我都得捏出手指，詩集，詩集，散文，詩集，散文，詩集，散文，詩集，散文。九本。他們會笑著說，你竟然不記得自己出過幾本書！

我會回說，你會記得自己一輩子寫過了幾則新聞嗎？

然後，竟然就走到了這裡。

我把詩集《與山近的，離海亦不遠》的稿子，寄給了寶瓶文化，再傳了一封臉書訊息給社長亞君，嘻嘻一笑說，「明天上班你就可以收到書稿了。」從我商業出版的第一本書《嬰兒宇宙》，亞君總是給我全部的信任，全部的理解。她知道，作為一個作者論中的作者，我就是我自己世界的宙斯。

／

世界是這樣……二〇一四年底出版詩集《我只能死一次而已，像那天》的時候，那次的新書發表會正值我三十歲生日前夕。那次的活動自然而然叫做「三十而麗」。諧音梗。沒辦法，誰叫我是個貨真價實的台灣人。

直到《與山近的，離海亦不遠》出版的時候，我就要邁向四十歲了。我真的覺得誰說四十歲對人生就可以沒有疑惑了？我真的很想叫他給我從世界的另一端給我站起來跟我對質。

「四十不獲。」沒什麼錢，有一個男友。有一份工。

「四十不禍。」也滿好的，上班事情做完了就不搗亂，靜靜離開辦公室當你的薪水小偷。

「四十不鑊。」四十歲的人若不會煮飯的就都叫外賣就好了……

你是哪一種四十呢？

／

二〇二〇年至二〇二二年底，我們台灣的記憶幾乎被Covid-19一掃而空。我從生活的罅隙當中爬了出來，坐進小小的紅色轎車，我環島。我想去山上。我想去海邊。我想要去，那些在Google Maps瀏覽過幾次，標記了「想去的地方」許久許久，而未能抵達的場所……所以我開車。

去哪裡，都這麼近啊。山那麼近。而下去不遠處，就是海了。台灣那麼小，又如此廣袤。我們可以在幾個小時之內就相會，就擁抱，就哭泣，就理解，就分離。

可是，為什麼，台灣這麼一個小小的島嶼……每個人的心，距離得那樣遠？

「詩能夠做什麼嗎？」二十年前的我大概會這麼想吧。但二十年後的我，不再這麼說了。我就是寫詩——把崇德寫成了給自己與世界的情詩，把綠島為所有政治犯的靈魂演奏一首鎮魂的音樂，把太魯閣的巍峨山勢用以諷喻政治，將所有日常的快樂，寄託在一座平日並沒有多少人停留進出站的工業軌道站永樂……

我是在追求什麼呢？

我常常望文生義，讀了歷史，讀了政治。跟隨著經濟情勢跌宕的踉蹌，至大而至小，像風櫃洞中寫每一個非主流性取向的人們，在海的召喚在天空的召喚當中，「終於能夠做你自己的路開展了，而你願不願意就這麼走下去」的猶豫與瀟灑。

詩是這樣。我還在想。還在寫著。總之，二〇二四年底，《與山近的，離海亦不遠》出版了，也依然希望各位舊雨新知，會喜歡這本我來到四十歲前夕，放開來寫了的詩集。

這一切都是台灣的。是的。都關於台灣。

國家圖書館預行編目資料

與山近的,離海亦不遠/羅毓嘉著. -- 初版. -- 臺北市 : 寶瓶文化事業股份有限公司, 2024.12
　面；　公分. -- (Island ; 338)
ISBN 978-986-406-442-7(平裝)

863.51　　113016448

Island 338

與山近的，離海亦不遠

作者／羅毓嘉

發行人／張寶琴
社長兼總編輯／朱亞君
副總編輯／張純玲
主編／丁慧瑋
編輯／林婕伃・李祉萱
美術主編／林慧雯
校對／林婕伃・劉素芬・陳佩伶・羅毓嘉
營銷部主任／林歆婕　業務專員／林裕翔　企劃專員／顏靖玟
財務／莊玉萍
出版者／寶瓶文化事業股份有限公司
地址／台北市110信義區基隆路一段180號8樓
電話／(02)27494988　傳真／(02)27495072
郵政劃撥／19446403　寶瓶文化事業股份有限公司
印刷廠／世和印製企業有限公司
總經銷／大和書報圖書股份有限公司　電話／(02)89902588
地址／新北市新莊區五工五路2號　傳真／(02)22997900
E-mail／aquarius@udngroup.com

法律顧問／理律法律事務所陳長文律師、蔣大中律師
如有破損或裝訂錯誤，請寄回本公司更換
著作完成日期／二〇二四年
初版一刷日期／二〇二四年十二月三日
ISBN／978-986-406-442-7
定價／三五〇元

寶瓶文化·愛書人卡

感謝您熱心的為我們填寫，對您的意見，我們會認真的加以參考，
希望寶瓶文化推出的每一本書，都能得到您的肯定與永遠的支持。

系列：Island 338　書名：與山近的，離海亦不遠

1. 姓名：＿＿＿＿＿＿＿＿＿＿　性別：□男　□女

2. 生日：＿＿年＿＿月＿＿日

3. 教育程度：□大學以上　□大學　□專科　□高中、高職　□高中職以下

4. 職業：＿＿＿＿＿＿

5. 聯絡地址：＿＿＿＿＿＿＿＿＿＿＿＿＿＿＿＿＿＿＿＿

　聯絡電話：＿＿＿＿＿＿＿＿＿＿＿＿

6. E-mail信箱：＿＿＿＿＿＿＿＿＿＿＿＿

　□同意　□不同意　免費獲得寶瓶文化叢書訊息

7. 購買日期：＿＿年＿＿月＿＿日

8. 您得知本書的管道：□報紙／雜誌　□電視／電台　□親友介紹　□逛書店

　□網路　□傳單／海報　□廣告　□瓶中書電子報　□其他

9. 您在哪裡買到本書：□書店，店名＿＿＿＿＿＿＿＿＿＿　□劃撥

　□現場活動　□贈書

　□網路購書，網站名稱：＿＿＿＿＿＿＿　□其他＿＿＿＿＿＿＿

10. 對本書的建議：＿＿＿＿＿＿＿＿＿＿＿＿＿＿＿＿＿＿＿

11.希望我們未來出版哪一類的書籍：

（請沿此虛線剪下）

讓文字與書寫的聲音大鳴大放

寶瓶文化事業股份有限公司

寶瓶文化事業股份有限公司 收

110台北市信義區基隆路一段180號8樓
8F,180 KEELUNG RD.,SEC.1,
TAIPEI.(110)TAIWAN R.O.C.

（請沿虛線對折後寄回，或傳真至02-27495072。謝謝）